AF351581

**دار حروف منثورة للنشر والتوزيع**

الطبعة الأولى

الكتاب: السما تا وي

المؤلف: صفاء حسين العجماوي

تصنيف الكتاب: رواية

تصميم الغلاف: فريق الدار

تنسيق داخلي: فريق الدار

مراجعة لغوية: محمد إمام

رقم الإيداع: ٢٠٢٢/٢٢٤٣٧م

الترقيم الدولي: ٩٧٨٩٧٧٦٨٦٧٥٧٤

مؤسس الدار

مروان محمد

مشرف عام السلاسل

صفاء حسين العجماوي

Website: https://horofbooks.com
Fan page: http://facebook.com/horofsbooks
Email: info@horofbooks.com

هاتف جوال: ٠٠٢٠١١١٣٠٠٦٢٩٦ – هاتف جوال: ٠٠٢٠١٠٦٤٠٥٤٩٩٥

سلسلة بيوم للفانتازيا

# السما تا وي

حكم النترو

العدد الثالث

صفاء حسين العجماوي

يتابع مرجل صوفي في أرض فيتا المخفية بأمر جمشت منذ قرون، في سطر سطح البحيرة الممدة له بالقصص حكاية أرض التنانين. هيا بنا نتابع الحكاية، بهدوء وبلا أدنى صوت، حتى لا يتسرب سرها إلى خارج أرض فيتا، فتجذب السارقين الباحثين عن مرجل الحكايات إليها.

تملك الفضول من سو ــ ليم حارس مدخل البحيرة المسحورة ليترك مكان حراسته، ليقابل الرفاق الثلاثة في جناحهم، ويتعرف عليهم، ويستميلهم إلى جانبه، ليقص عليهم حرب الممالك الأربعة، غير أن الوزير مو ــ دي أمسك به قبل أن يقص عليهم ما كان.

بعد أن زوجت نجيبة شهمان لابنتها ورد، قام بقتلها والمغادرة بزوجته إلى عالمه، لينهي سدانة الحكم في نسلهم، رغبة منه في أن ينعم سكان أرض التنانين بالأمان، بينما يظهر صلاح برفقة حيته، ليحمل سامر المصدوم، ويصحب ورد وسعاد إلى مدخل أرض التنانين الكائن في أرض الغجر قبل أن يشاع خبر قتل نجيبة، ورحيل ورد إلى أرض زوجها دون رجعة.

اجتماع بين ملوك وملكات الممالك الأربعة مع النتر حور والنترت سخمت مندوبِّي النترو نمى إلى علمهما ما حدث للرفاق منذ وصولهم إلى أرض التنانين، وشاع التخوف من إعادة حرب الممالك السابقة إذا حضر الغجر مثل المرة الماضية، مما دفع حور وسخمت إلى العودة السريعة إلى أرض النترو، وإبلاغ التاسوع الحاكم بالمستجدات ليصلوا إلى حل مناسب لتدارك ما قد يحدث، قبل أن يبدأ. بمعرفة هوية الرفاق، عاد أتوم بذكرياته عندما زار كيمت لأول

مرة، حيث قابل زوجته نفرتيتي في نقادة، ويغرق في
التفاصيل.

## الشخصيات الجديدة

- يا- سن: الابن الأكبر للملك مو- را وزجته الملكة صو- في
- يو- سي: توءم يا- سن الأصغر
- صا- في: الأبنة الصغرى للملك مو- را وزجته الملكة صو- في

■ ‑١‑

ـ" لا يمكنك أن تسجنني يا مو‑ دي"

هتف سو‑ ليم بحدة بينما يجذبه حراس الوزير خارج جناح الرفاق الثلاثة، مصطحبينه خلف وزيرهم الذي يبذل جهدًا خرافيًا حتى لا ينفجر فيه أمام الجميع.

خطوات بسيطة أخذت أكثر مما ينبغي بسبب مقاومة سو‑ ليم المستميتة للحراس، حتى وصلوا إلى الجناح المخصوص الأخضر.

ـ" هذا يعني أنني لن أسجن"

هتف سو‑ ليم بسعادة، وهو يتأمل تفاصيل الجناح الذي نحت خشب بابه بالنحت البارز على هيئة تنين منكس الرأس أمام ما بدى كرجل يرتدي تاج بشنت[1] والشنديت[2]

<hr>

[1] – التاج المزدوج" ( بشنت) ويعرف أيضا بالتاج المركب الذى أصبح يرتديه الملك دلالة على حكمه لمصر الموحدة التي وحدها الملك "نعا رمر" نحو ٣١٠٠ ق.م. وهو عبارة عن تاجي الجنوب والشمال معًا، أو هو دمج التاج الأبيض مع التاج الأحمر، "التاج الأبيض" تاج مصر العليا / الصعيد و يعرف بإسم (حج) ويعتبر التاج الأبيض من أقدم التيجان التى عرفت فى إقليم الجنوب. ظهر مرتين الأولى فى متون الأهرام، والثانية فى نشيد دينى بمعبد الكرنك. ويعود نشاة هذا التاج الى مدينة "نخن" (الكوم الأحمر بإدفو)، حيث يظهر نقش بمعبد فيله للمعبودة "نخبت" رمز الوجه الجنوبى، وهى تقوم بتتويج ملك فى عصر ما قبل الأسرات ويقول النقش المصاحب لها "أنا أتوج راسك بالتاج الأبيض الذى من نخن وبه سوف تفتح مقاطعات الجنوب، أما التاج الأحمر فهو تاج مصر السفلى/ الدلتا يعرف و بإسم (دشرت) هو اسم

الملكي، وبيديه علامة عنخ[3]، وصولجان الحكم، والأفعى أنه آتوم بهيئته البشرية الملكية الكاملة.

أمر مو- دي الحراس بالانصراف بإشارة عصبية، وبأخرى أغلق الباب خلفهم، والتفت إلى سو- ليم صارخًا: كفى.. كفى. ماذا دهاك يا مجنون لتذهب إلى جناح البشر، وتثرثر بلا هدف؟

ضحك سو- ليم بسعادة، واندفع نحو السرير، ليلقى بجسده على الفراش، وهو يحتضن كل ما تلمسه يداه بشوق.

شعر مو- دي نحوه بالشفقه، وجلس على الكرسي الحجري المقابل للسرير المنحوت على شكل تنين سمين يجلس على بطنه المنتفخ من السمنة، ثم قال له بحنان: هل افتقدت الجناح الأخضر؟

ضحك سو- ليم وهو يقفز نحو خزانة الملابس؛ ويخرج ثوبًا حريريًا أخضر داكن اللون طرز عليه تنين سمين بلون الفسدق، ويبدل ملابسه بسرعة؛ ثم قال بسعادة: أجل بالطبع لقد اشتقت لكل ركن فيه. اشتقت لأثاثي وملابسي

---

تاج مصر السفلى وكان لونه أحمر يمثل الأراضي الحمراء على جانبي الدلتا الخضراء "كمت" الخصبة في وادي النيل، وكان أيضا اللون الأحمر يمثل الدم والنار حيث يرمز للقوة التى لا يمكن السيطرة عليها.

[2] – النقبة الملكية وهو رداء للنصف السفلي من جسد الملك أو النتر

[3] – تعرف بمفتاح الحياة، وهو رمز الحياة في الكتابات والتصاوير المصرية القديمة وأستمر استخدامه في العهد المسيحي كأحد الرموز التي أمتد استخدامها فيه، حيث أنه يشبه الصليب المسيحي، ولكن له دائرة

وأشيائي، واللون الأخضر الذي يشع بهجة في روحي، كلما رأته عيناي. أنه يزهر نفسي بالمحبة.

رد مو- دي بضيق: أنت من تمردت على كل شيء، ورحلت دون وداع. لقد أحزنت الملكة صو- في أيما حزن، وأثرت فينا مشاعر التعاسة.

هتف بغضب: أنت تعلم أني لم أكن راضيًا عن زواجها من مو- را، ولكني رضخت لرغبتها في البداية، غير أني لم أحتمل أن أراه يتجول برفقتها في كل مكان. إن وجوده بجانبها يثير جنوني.

صرخ فيه مو- دي، وهو يقف أمامه ليهز كتفيه: إنها تحبه، وهو يعشقها. أكنت تريد أن تفرق بينهما لتدمي قلبيهما؟

دفعه سو- ليم ليسقط جالسًا على كرسيه، والغضب يتطاير من عينيه، وهو يقول بصوت مخيف: لا تثر جنوني يا مو- دي، فأنت تعلم مزاجي العاصف. أنا لا أكترث لمو- را هذا، ولكن كل ما يشغلني أختى الصغرى الأثيرة إلى قلبي.

قاطعه مو- دي مستنكرًا: ألا زلت تظن أن مو- را تزوجها لوراثة العرش؟! أجننت يا سو- ليم!

أشاح سو- ليم بوجهه وهو يجيبه: أنت تعلم أكثر مني بأن وراثة الدم الملكي، وأحقية الجلوس على العرش حق خالص لملكاتنا، ومو- را مجرد أمير غير زي شأن، فأمه

محظية ملكية، وليس بينه وبين صو- في رابطة قربى أو نسب[4].

رد مو- دي بنبرة انتصار: ولكنك لا تمتلك حتى هذه المكانة يا سو- ليم، فأنت مجرد أخ من الرضاع للملكة، فوالدتك كانت وصيفة لوالدتها ليس إلا.

رد سو- ليم بضيق، وهو يجلس على أحد المقاعد بعنف: ليكن. هذا لا يهم الآن.

قال مو- دي بصبر لا ينتمي له: انظر يا سو- ليم أنك تغار على أختك من نسمات الشتاء الباردة، فكيف بعاشق يتيه فيها. لقد عبّأ قلبك سوء ظن بأن حبها وزواجها من مو- را سيجعلها تستغني عنك، ولا تلتفت إليك، وكيف هذا وهي التي أصرت منذ أن وعت أن تخصص لك في قصرها هذا الجناح؟. أدر عينيك في جناحك الذي تركته غاضبًا، هل تغير به شيء؟ لقد اعتنت به صو- في كأنك تعيش فيه. هل ترى هذا الركن القصى_ ركن الهدايا_؟

اندفع سو- ليم نحو ركن الهدايا، فإذا به ممتلئ عن آخره.

سأله سو- ليم وهو يفتح الهدايا بسعادة: هل كل هذه الهدايا من صو- في؟

أوضح له مو-دي بهدوء: كلا إنها من صو- في والأمراء الصغار.

التفت سو- ليم سائلاً بحدة: من هم الأمراء الصغار؟

---

[4] – من المعروف أن أحقية الجلوس على العرش ووراثة الدم الملكي تأتي من الملكات في مصر القديمة، لذلك كان يتزوج الأخ من أخته ليحق له الجلوس على العرش.

أجابه بحنان: أبناء صو- في ومو- را.
ترك سو- ليم ما بيده، وجرى نحوه، وأمسك يده، وهو يهتف مستفسرًا: كم عددهم؟ ما أسماؤهم؟ كم أعمارهم؟ ذكور أم أناث؟ هل يشبهونها أم يشبهونه؟
صمتت مو- دي منكسًا رأسه، في علامة على أنه لا يملك الحق في الرد .
سأل سو- ليم بحزن ورجاء: هل يمكنني أن أراهم؟
ربت مو- دي على يده بحنان، وهو يقوم من مجلسه، ليترك الجناح تاركًا سو- ليم لأحزانه وآماله.

رحلة ذهاب وعودة بلا أحداث، ولكن ذهاب يصحبه قلق، وعودة برفقة الانتظار هكذا يمكننا أن نصف رحلة الملكين الشابين مو- را وصو- في. وصلا قبيل فجر اليوم التالي لتحركهما، ليستقبلهما الوزير مو- دي وبعض الحاشية والوصيفات. خطوات قليلة التزم فيها مو- دي بالمراسم الرسمية، حتى إذا وصل ثلاثتهم إلى قاعدة العرش رفع مو- را يده للحاشية بأن يغادرا القاعدة، ويغلقوا الباب على ثلاثتهم.

وما أن أغلق الباب حتى همس مو- دي بحماس: لقد عاد سو- ليم.

قالت صو- في في برجاء وأمل: لطفًا يا مو- دي أصدقني القول. هل عاد أخي حقًا؟

زم مو- را شفته غضبًا، فهو لم ينس ما اتهمه به سو- ليم قبل مغادرته لأرض التنانين. لا يزال يذكر كيف اتهمه بأنه مجرد منافق متملق طامع في العرش، استغل حب صو- في ليتسيد المملكة. لا تزال آخر كلماته التي ألقاها على سمعه تطن في أذنيه متهمتة إياه بأنه فرقه عن أخته الأثيرة إلى قلبه، والسبب في فراق أهله وخلانه.

قاطعه رد مو- دي شرود مو- را قائلًا بفرحة: أجل لقد عاد ليلة أمس.

بكت صو- في من السعادة، وهي تشد على يد مو- را، الذي ربت على يدها، وأجلسها، وهو يسأل مو- دي بلا مشاعر: وكيف عاد؟

مسحت صو- في دموعها، وهي تسأله مستنكرة، وقد قفزت لتقف أمامه: وهل هذا يهم الآن يا مو- را؟ يكفيني أنه عاد. إني أريد رؤيته في الحال.

رد مو-را بهدوء: حبيبتي يجب أن نعلم كيف عاد؟ وما سبب عودته؟ قبل أن نراه. رجاءً يا حبيبتي دعينا نفهم ما حدث قبل أن نراه.

هدأت صو- في، وعادت إلى كرسي عرشها، وجلس بجانبها مو- را وهو ينظر بغيظ من مو- دي، الذي ازدرد لعابه، وقص عليهما ما كان من سو- ليم والرفاق الثلاثة في دقائق معدودة كانت تزيد وجه مو- را غضبًا، وقلب زوجته خوفًا.

ـ" هذا يعني أنه بجناحه الآن، أليس كذلك؟"

قالت صو- في بقلق وهي تتطلع إلى زوجها الغاضب، الذي عقب بقوله: والذي سيظل به حبيسًا حتى أفصل في أمره"

أمسكت الملكة بيده راجية، فهز رأسه بأسف، ثم قال: لا يمكنني العفو عنه. إنه اخترق قواعد المملكة، وقوانينها، وكاد يفشي أسرارها للغرباء، ولم يهتم إن كان في جرمه هذا هلاك لمملكتنا أم لا؟. كلا لا يمكنني أن أصفح عنه يا حبيبتي.

همست زوجته راجية: ولكنه أخي سو- ليم يا حبيبي.

قال بحدة نفض قلبها وقلب مو- دي رعبًا: وماذا إن علم النترو بما فعل؟ يكفي أن يعرفوا بتركه للبحيرة المسحورة بلا حراسة.

انتبهت لذكره لهذا المدخل، فسألته بحدة: هل كان يحرس المدخل؟ هل كنت تعلم بمكانه طوال هذه السنين ولم تخبرني؟ تركتني أتلظى بنيران القلق والخوف عليه، وأنت على علم بمكانه. كيف لك أنت تفعل بي هذا؟!

شعر بالخوف من غضبتها، فبادر بالإجابة: لم أعلم في حينه، فهناك فجوة بين رحيلة وتوليه الحراسة لا أدرى عنها شيء. كما أني علمت بالصدفة منذ مدة قصيرة، فلم أشأ أن أعيد إليكِ بعض حزنك يا حبيبتي.

غضبت، وقفزت من مكانها، وهي تقول: لا يهمني أي شيء الآن سوى رؤيته.

أمسك بكتفها ليوقفها، منبهًا من خطر معرفة النترو بذلك، غير أن قاعة العرش فتحت ليظهر سو- ليم، وهو يقول بنبرة استعراضية: لقد عدت.

ركضت صو- في نحو أخيها ملقية نفسها بين ذراعيه، وهي تبكي، ليقبل رأسها، وهو يعتذر لها عما بدر منه.

"ـ" صوـ في رجاءً عودي إلى كرسيكِ. موـ دي أغلق الباب وافعل ما يتوجب عليك بسرعة حتى لا يرانا أحد ويتسرب الخبر إلى النترو"

قال موـ را في عصبية، وموـ دي يهرول لينفذ أمره، فأغلق الباب بعد أن ألقى تعاويذ النسيان على الحراس، وأمعن في حمايتهم بتعاويذ عدم التصنت التي رمي بها على مدخل القاعة ونوافذها.

ابتسم سوـ ليم بسخرية بجانب فاه، وأمسك بيد أخته ليعيدها إلى مجلسها على عرشها، ثم قال لها: لا يليق هذا العرش إلا بكِ حبيبتي.

مما أثار غضب موـ را الذي عاد إلى عرشه، وهو يقول له بحدة: لماذا عدت يا سوـ ليم؟

نظر له سوـ ليم بطرف عينيه، وأجاب سؤاله بنبرة من يستعد للشجار: ألم تكن تريدني أن أعود يا موـ را؟

أمسكت صوـ في بيدي زوجها وأخيها لتوقف هذا الشجار الذي بدأ يلوح في الأفق، ثم وجهت سؤالًا لأخيها بحزن: لن أسألك لِمَ رحلت وتركتني أتجرع مرارة فراقك، ولكن أستحلفك بمكانتي بقلبك أين كنت طوال هذه السنوات العجاف؟

نكس سوـ ليم رأسه، وهو يجبها بألم: لم أرد أن أفارقك يا نياط فؤادي، ولكنه القدر. لقد همت على وجهي لا أعلم لي

وجهة ولا عنوان- فأنتِ قبلتي، وهذه المملكة بيتي- لفترة لا أحصيها فهي مرت علي روحي قرون. لا أرى فعيني مهزوزة الرؤية من كثرة البكاء.

تنفس مو- را بقوة، فضغطت صو- في على يده، فسكن على مضض، بينما جلس مو- دي على أقرب مقعد من عرش مو- را ليستمع إلى حكاية سو- ليم. استوى سو- ليم تحت عرش صو- في ليظل ممسك بيدها، وينظر إلى عينيها وحدها. حاولت أخته أن تقيمه ليجلس على مقعد قريب منها، لكنه رفض متعللًا بأنه لا يطيق فراقها، ثم تابع حكايته: كنت أقتات على كل ما يصلح للطعام، وكنت أشرب ما أجده من ماء، غير أن قدماي قادتني لصحراء مقفرة ضعت فيها حتى شارفت على الهلاك، فإذا بي أرى بحيرة يتلألأ ماؤها في وضح النهار بلون الذهب. ركضت نحوها دون وعي، حتى إذا وصلت إلى شاطئها هاجت المياه، وثارت، وهي تفور وتبقبق بجنون كأنها تغلي، ثم غمرتني موجة منها، وسحبتني إلى الداخل.

شهقت الملكة برعب، فطمئنها بتربيتة على يدها، وهو يكمل: فوجدتني أقف على باب مغارة نحت على بابها بالنحت الغائر علامة سما تا وي⁵. لامست العلامة بباطن كفي الأيسر، ليفتح الباب وأجدني أمام آتوم

---

⁵ – هي علامة توحدي شطري مصر وهي عبارة عن زهرة بردي (رمز مصر السفلى– الدلتا) تعانق ساق زهرة اللوتس (رمز مصر العليا– الصعيد)

قفز مو- را ومو- دي، بينما انتفضت صو- في عند سماع اسم النتر الأعظم، وسيد التاسوع الحاكم في أرض النترو، فابتسم سو- ليم، وهو يكمل بفخر: الذي ابتسم لي مرحبًا، وهو يقول: إن بحيرتي نون تختار حارسها يا سو- ليم. شهقت صو- في، وقالت بانبهار: إن آتوم يعرف اسمك، وعينك حارسًا لنون. إني أغبطك يا عزيزي. كم أشعر بالفخر بك.

ضحك سو- ليم، وهمس باعتزاز، وهو يشير بيده نحو نقش مميز في سقف الحجرة: كما أطلعني على سر السما تا وي، تلك العلامة التي تزين أسقف وأعمدة وجدران قصورنا، هذه التي طالما ما تساءلنا عن معناها ونحن صغار.

انتبه مو- را ومو- دي لما سيقوله سو- ليم الذي اعتدل واقفًا، وهو يقول بشموخ: لقد أعطاني آتوم حق الذهاب والعودة إلى مملكتي أرض التنانين، فلا تخشى غضبته من عودتي. كما يحق لي أن أطلع من أشاء على سر السما تا وي على أن يحفظه في صدره.

ردت صو- في بسرعة حتى تسبق الجميع لوأد أي خلاف ينتج عن سوء فهم: سو- ليم أنت أكثر من يعلم ثلاثتنا، فأنا أختك الصغرى، وهما رفيقا طفولتنا، وأننا أهل لحفظ السر، فإن لم يكن في بوحك به لنا أي ضرر قد يصيبك، فهلا تفضلت بإطلاعنا عليه.

رد سو- ليم بمكر: يمكنني إطلاعكم عليه حالًا، ولكن هناك شرطان. الأول أن أرى أبناءك يا صو- في ويتعرفوا على خالهم الوحيد.

هزت صو- في رأسها، وهي تجيبه بعتب: وهل هذا بشرط إنه حقك وحقهم عليك.

رد مو- را بتوتر: لك هذا بالطبع، ولكن ما هو الشرط الثاني؟

ضحك سو- ليم بسعادة، ثم قال: إنه هدية خاصة لأحد الأبناء سأهديها له قبيل عودتي.

ردت صو- في بجزع: وهل ستعود إلى البحيرة؟ ألن تبقى معنا؟

أجابها بهدوء: سآتي كل فترة لا تخشى شيئًا، فلن أطيل الغياب.

قال مو- دي بنفاذ صبر: ألن تخبرنا بسر السما تا وي؟

ضحك ثلاثتهم، وداعبه سو- ليم قائلًا: دائمًا ما كنت في صغرك نافذ الصبر، ويبدو أنه طبع أصيل لا يتغير فيك. كيف اختارك مو- را لتكن وزيره. لست أدري؟!

نظرت صو- في له محذرة، وهو تناديه بنبرة قوية، فتنحنح، ثم فرد ذراعيه بشكل مسرحي، وهو يقول: هيا لنبدأ الحكاية.

استهل سو- ليم حكايته بأن جلس على مقعد وضعه بينهم ليتوسطهم، ثم قال: لم تكن السما تا وي مجرد إحدى العلامات المقدسة التي زينت أرضنا وأرض النترو، بل هي تاريخ محكي عن كيمت التي كانت مشرزمة من أقاليم متفرقة لكل منهم حاكم ونتر مميز لها، وقوانين خاصة بها، وكيف ضحى الكمتيين بكل غالي ونفيس ليتجمعوا تحت زعامة واحدة وحكومة مركزية واحدة، ونتر أعظم يستمد منه الحاكم الأوحد سلطة الجلوس على العرش، ونترو مبجلين في كافة ربوع كيمت[7]. تبدأ حكايتنا عندما وصل ولي العهد آتوم وتوأمه رع[8] إلى أرض كيمت

---

[6] - كل ما سيتناوله هذا الفصل وما يليه عن التوحيد بين شمال وجنوب مصر حقيقي، ولكن كل ما سيذكر عن دور النترو فهو من وحي المؤلفة.

[7] - مرت مصر بتسع مراحل قبل أن تتوحد بشكل نهائي في عام ٣٤٠٠ ق.م. على يد الملك نعر مر وبداية عهد الأسرات، وتدوين التاريخ حيث عرفت الكتابة متزامنة مع وحدة شطري البلاد.

[8] - رَع هو نتر الشمس لدى المصريين القدماء وله ثلاث مظاهر؛ خبري في الصباح، ورع وقت الظهيرة، وأتوم عند الغروب، وقد كان رع نتر رئيسًا في الميثولوجيا المصرية القديمة في عصر الأسرة الخامسة خلال القرنين ٢٤ و٢٥ قبل الميلاد، وكان يرمز إليه بقرص الشمس وقت الظهيرة. في عصور لاحقة في تاريخ الأسر المصرية الحاكمة، ضُم (رع) إلى النتر (حور) ليصير اسمه «رع-حوراختي» بمعني (رع، هو حور الأُفقين) - وحور هو الصقر أو النتر الأعلى

والمحيط. وقد كان يعتقد أن رع–حوراختي هو النتر الحاكم في كل أنحاء العالمين: «السماء والأرض» و«العالم السفلي». وقد اتصلت صورة (رع المتحد بحورس) الجديدة بالصقر أو الباز الذي يرمز لحور. في عصر الدولة الحديثة التي ظهرت في الفترة بين القرنين ١٦ و ١١ قبل الميلاد برز النتر آمون على الساحة لينصهر مع رع كنتر متحد وهو «آمون – رع». خلال حقبة العمارنة، قمع الفرعون أخناتون طائفة رع ومذهب «آمون – رع» لصالح دين آخر يدعو لتوحيد الألوهية للشمس نفسها أو «قرص الشمس المؤله» – آتون، مُعطيا لإلوهيَّة الشمس مكانة أعلى من الآلهة المجردة، ولكن بعد وفاة أخناتون استعادت طائفة رع مكانتها. كانت طائفة عبادة الثور منيفس، تجسيدا لرع، وتمركزت عبادته في مدينة (أون)، أو (هليوبوليس) وتعني مدينة الشمس كما أسماها الإغريق، وكانت هناك مقبرة رسمية لثيران الأضحية شمال المدينة. ولرع أسطورة يومية هذه الأسطورة تشرح كفاح رع كل ليلة ضد قوى الفوضى والشر الممثلة في أفعى كبيرة تسمى أبوفيس حتى تستطيع الشمس (رع) الظهور في الصباح التالي في أعالي السماء. وعندما تختفي الشمس كل مساء يغير النتر رع طريقة اتقاله ويركب مركبًا مقدسا يعبر به النيل تحت الأرض. ويعبر رع خلال تلك الرحلة ١٢ بوابة تمثل ١٢ ساعة هي عدد ساعات الليل (من ٥ مساء وحتى ٥صباحًا) في العالم التحتي، ويسمى هذا العام دوات، وهو يقاوم قوى الفوضى والأخطار التي تقابل مركبه الشمسي. ويقوم النتر ست بمساعدته خلال تلك الرحلة حيث يقف على مقدمة المركب ويهدد الأفعى أوبيس برمحه حتى لا تقترب. وبعد تلك الرحلة كل ليلة في العالم التحتي رع يعود إلى الظهور من جديد ويلقي بأشعته التي تمنح الحياة على البشر على سطح الأرض. وتذكر البوابات الإثنى عشر بالألوان على توابيت الموتى وكل باب منها ينتمي إلى ساعة محددة من ساعات الليل.

ولقد ارتبطت ألقاب الملوك به يبدو ذلك في اسم ثاني ملوك الأسرة الثانية (رع – نب) والذي يعني (رع السيد)، كما أن الملك (زوسر) من الأسرة الثالثة حمل لقب (رع الذهبي) ولقد مرت ألقاب الملوك الملحقة به بعدة مراحل حتى أصبح ذلك اللقب جزءًا لاينفصم أبدًا عن أسماء

بالصدفة عندما كانا يتمازحان عند سطح المياة نون، وانزلقت قدم آتوم ليسقط في الماء، ولحق به رع لينقذه، ولكن الماء قذفت بهما إلى تل تا تنن الأزلي ليجدا بوابة كيمت المركزية عند حجر بن بن. سحرت كيمت قلبيهما الفتى، فاستقرا في مدينة أيونو⁹ لبعض الوقت، وعادا إلى أرض النترو قبل أن يثيرا القلق في نفسي الملك والملكة، غير أن سحر كيمت كان يناديهما دائمًا مما دفعهما للتخفي

---

الملك منذ الأسرة السادسة وحتى نهاية التاريخ المصري القديم، كما كان هذا اللقب يتقدم الاسم الشخصي للملك الذي ولد به. وبذلك أضحى ظاهرا أن الملك كان يعتبر منذ ولادته بمثابة ابن للإله (رع) ، وفي وقت سابق على ذلك ومنذ الملك (جدف رع) من الأسرة الرابعة كان أسماء ملوك بعض هذه الأسرة مركب من اسم (رع) أحيانا منذ ولادتهم أو عند اعتلاء العرش إذا لم يتضمن اسم الولادة العنصر المركب من الإله (رع) ، وطبقا لأسطورة متأخرة فإن ملوك الأسرة الخامسة كانوا أبناءا للإله (رع)، وبنهاية الأسرة الخامسة الدولة القديمة أنحسرت قوة رع المتفردة وبدأ يندمج مع حور و آمون في فترات مختلفة لاحقة.

⁹ – عرفت في العصر الإغريقي باسم هليوبوليس (أي مدينة الشمس). وهي منشأ نظرية التاسوع الذي كان يرأسه رب الشمس أتوم. وتقع هليوبوليس في الضاحية الشمالية الشرقية لمدينة القاهرة، في وسط المنطقة الزراعية القريبة من المطرية، أسفل تل الحصن. وهي معروفة بأنها من أقدم مدن مصر، وكانت عاصمة الإقليم الثالث لمصر السفلى. وأصبحت هليوبوليس منذ الدولة القديمة، المركز الروحي والكهنوتي لمصر كلها. لم يتبق من هذه المدينة الآن، سوى مسلة جرانيتية للملك سنوسرت الأول، وكانت جزءا من معبد رع، الذي أسسه الملك أمنمحات الأول. ولم يتبق منه سوى جزء من الجدار المبني بالطوب اللبن، والذي كان يحيط بالمدينة كلها. وعثر كذلك على عدة مقابر ترجع إلى عصور مختلفة، ومسلة أخرى توجد الآن في روما.

على فترات والارتحال إلى هناك، والعودة دون أن يلفتا انتباه والديهما لغيابهما، لكنهما لم يمنعا الأمراء والأميرات من أن ينتابهما الفضول لمكان اختفائهما غير المبرر بالنسبة لهم، ويتسللوا خلفهما رغبة في كشف السر والاستفادة من ذلك، وما إن عرف أمراء وأميرات أرض النترو بكيفية الوصول إلى أرض كيمت، حتى بدأ التنافس فيما بينهم على أنشاء أقاليم خاصة بهم، وتنميتها وأزدهارها، لتفرض نفوذها وتبسطت سيطرتها على الأقاليم المجاورة. كل نتر جعل من نفسه الرمز المقدس لأقليمه، الذي أسس له مدينة بها مركز الحكم، واختار أقوى الأسر ليكن منها حاكم الأقليم ـخليفته على الحكم-. وبمرور الوقت، وحتى مع ندرة أو قلة حضور النترو النترت لأقاليمهم- فقد أصابهم الملل بدرجاته على فترات- أسست هذه الأسر القوية تكتلات أشبه بالاتحاد بين كياناتها بأحدى أمرين إما بالمصاهرات أو باستخدام القوة، وكان يتم ذلك في شمال كيمت (الدلتا)، وجنوبها (الصعيد) على السواء.

التقط سوـ ليم أنفاسه، وعاد ليكمل الحكاية بحماس: كانت بداية توحيد كيمت السفلى عبر تأسيس مملكتين، الأولى عاصمتها مدينة عنج تي[10]، والثانية عاصمتها دمي إن حور[11]، بينما اجتمع شمل كيمت العليا تحت زعامة مدينة

---


[10] – قرب سمنود الحالية شرق الدلتا

[11] – دمنهور الحالية غرب الدلتا

نوبت[12] واتخذوا من النتر ست رمزًا مقدسًا لمملكتهم. غير أن مملكتي الشمال توحدتا بعد فترة في مملكة واحدة عاصمتها ساو[13] واتخذت من بيت[14] شعارًا لها وتوجوا ملكها بالتاج الأحمر، علم بعض النترو بالمصادفة عندما قادهم الملل من أرض النترو للبحث عن الجديد في كمة بحركات التوحيد التي تمت، وتتم بين شطريها، فتسابقوا ليكونوا تكتلات ويتزعموا الفرق لينصروهم، ويبسطوا نفوذهم خاصة في كيمت السفلي،  ولقد أدى ذلك لفوز التكتل بزعامة أوزير على البقية، وانتقلت العاصمة إلى مدينة عنج تي مرة أخرى[15]، والتي تبدل اسمها إلى جدو، وسرعان ما دب شجار بين النترو المنتصر على أحقية الزعامة، والذي انتهى لصالح أوزير مرة أخرى، والذي اتخذت العاصمة منه رمزًا مقدسًا لها، فتغير اسمها إلى بر أوزير[16].

لم يكتفي أوزير وزمرته بما حققه فقاد كمتيين الشمال، ليكن لهم السبق في توحيد شطري كيمت، وقد حقق ما يصبوا له، واكتملت وحدة الدلتا والصعيد تحت زعامة أون لتوحيد كيمت لأول مرة، ويفوز أوزير بزعامة كيمت كاملة

---

[12] – طوخ الحالية

[13] – صالحجرالآن بمركزبسيون بمحافظة الشرقية

[14] – النحلة ولقب ملكها ببيت–ي أو المنتسب للنحلة

[15] – لأسباب غير معلومة حتى الآن عادت العاصمة إلى مدينة عنج تي

[16] – وهى بلدة أبوصير بسمنود حاليًا

تحت لوائه، غير أن هذا لم يدم طويلًا فتستطع كيمت الموحدة تحت قيادة أوزير أن تصمد كحكومة واحدة ومملكة واحدة، نظرًا للتنافسية التي شتت تكتل أوزير من الداخل، فقد شعروا أنهم دونه، وهو ليس سوى أمير مثلهم، لذلك فقد انفرط عقد وحدتها. تنامى إلى رع ما حدث في كيمت من فساد لرعونة الأمراء والأميرات من النترو، فعاد بسرعة وجمع شتات الكمتيين والعاقلين من النترو في مدينة ساو ليحملوا على عاتقهم توحيد قطرى البلاد تحت حكومة واحدة، ولكنها مع الأسف الشديد لم تستمر طويلا، فقد عاد رع إلى أرض النترو ليثير الخلاف على أحقيته في ورث عرش والده بدلًا من توءمه الأكبر أتوم، والذي شعر بغصة في قلبه لما بدر من أخيه، وترك أرض النترو ورحل، بينما لم يستطع بقية النترو الحفاظ على أرث رع حيث قام الصعيد بثورة تحت لواء ست ضد حكام كيمت السفلى، واستطاعوا هزيمة ملوك الشمال، فانفصلت مملكة الجنوب مرة أخرى تحت زعامة ست وتكتله، وعادت البلاد لسيرتها الأولى.

قاطعته صو ـ في وسألته بقلق: وأين ذهب النتر آتوم؟

أجابها سو ـ ليم باسمًا: ذهب إلى أرض كيمت متنكرًا في هيئة بشري، وأخذ يرتحل بين ربوعها كتاجر للأواني الفخارية، واستقر في نقادة وتزوج من الفاتنة نفرتيتي.

سألته صو ـ في بحيرة: ألم يتدخل في حروب التوحيد التي قادها النترو؟

أجابها سو ـ ليم بهدوء: في البداية لم يتدخل حتى وصلت الحرب إلى نقادة، وقضت على أهل زوجته، ومن ثم فقد زوجته، فعاد إلى أرض النترو وترك ولديه في رعاية رع الذي صدم لما انتاب توءمه من كرب، وعاد إلى كيمت لينهي التعطش للدماء الذي حرمه من حب عمره.

همت صو ـ في بسؤاله مرة أخرى، فأمسك مو ـ را بيدها لتصمت، بينما قال له مو ـ دي بحماس، ولهفة: هيا لتكمل قصة السما تا وى يا سو ـ ليم.

ضحك سو ـ ليم بشدة، ثم تابع: رحل ست وزمرته بل بقية النترو إلى مملكتهم الأم، فقد سأموا ثبات الأمور في كيمت، وانقسمت البلاد مرة اخرى لمملكتين مرة اخرى، وسميت المملكتين باسم أتباع حور. كانت عاصمة الجنوب هي نخن[17]، واتخذت مملكة الجنوب رمز سوت[18] وأخذوا

_______________

[17] ـ قرية الكاب الحالية بمركز ادفو

[18] ـ نبات البوص، ولقب ملوكهم بني سوت او المنتسب الى نبات البوص

يلقبون ملوكهم بلقب ني سوت، وارتدى ملوكهم التاج الأبيض، وكان شعار المملكة زهرة اللوتس، ورمزها الديني نخبت[19]، بينما أضحت عاصمة الشمال مدينة بي[20]، واتخذت مملكة الشمال من بيت رمز لهم، ولقب ملوكها بلقب بيت-ي، وارتدى ملوكها التاج الاحمر، وكان لهم عاصمة دينية تدعى دب، واصبحت وادجيت[21] هى رمزهم الديني، وشعار المملكة هو نبات البردي. تزامن رغبة ملوك الجنوب أن لا يظل قدم السبق في توحيد البلاد في يد ملوك الشمال، مع عودة آتوم إليهم والذي قام بوضع الملك العقرب على رأس مملكة الجنوب، وجيش التوحيد، ليبدأ فصل جديد من حروب توحيد القطرين، والتي انتهت بانتصاره، فقام بترك كيمت في عهدة الملك العقرب، وعاد إلى أرض النترو ليطمئن على طفليه، غير أن بعض النترو قد تسللوا إلى كيمت، وتزعموا ملوك الشمال وساعدوهم على الانفصال بالشمال مكونين مملكة خاصة.

وصلت الأخبار إلى آتوم الذي عاد بعد أن وحد أمراء وأميرات مملكته، والذين أقبلوا معه إلى كيمت حيث انضم لهم نترو الشمال الخائفين من بطش آتوم الغاضب، والذي وجد في مملكة الجنوب ملك طموح قوي شديد الذكاء

---

<sup></sup>

[19] – طائر الرخمة

[20] – تل ابط، والحالية بمركز دسوق بمحافظة كفر الشيخ

[21] – الكوبرا المصرية التي أصبحت الصل الملكي الذي يرتديه الملوك المصريين في عصور الأسرات الحاكمة الثلاثين

يدعى نعرمر، فقرر أن يساعده على توحيد شطري كيمت، فترأس النترو، وتحركوا مع نعرمر وكيمتين الجنوب الأقوياء ليخوضوا آخر حروب التوحيد التي انتهت بإتمام الوحدة الكيمتية، وتأسيس أول دولة في التاريخ القديم، ولكي يحافظ على الوحده من الانفراط كالمراحل السابقة قرر نعرمر بموافقة آتوم بناء عاصمة جديدة تتوسط الشمال والجنوب عند رأس الدلتا، وأطلق عليها إنب حج[22]، والتي أصبح اسمها من نفر[23]، واتخذ من علامة السما تا وي رمز للوحدة الدائمة، كما قام بارتداء التاجين الأبيض والأحمر معًا، ليؤكد على حكمه لكيمت الموحدة، كما قام وملوك العصر العتيق[24]، ومن بعدهم ملوك الدولة القديمة[25] ببناء جبانتين الأولى رمزية في الشمال، والأخرى الأساسية التي يدفن بها الملك في الجنوب لضمان ثبات قيام الوحدة.

---

[22] – ومعناها الجدار الأبيض

[23] – أو منف وممفيس، حيث قام نعرمر بإنشاء جبانه ضخمة لها في سقارة والجيزة، والتي ضمت رفات اعظم ملوك وأشهر الحكماء مصر القديمة، ظلت منف مركز اداري هام حتى هجرت في حوالي عام 641م، وبنيت من أحجارها مدينه الفسطاط أول عاصمة عربية في مصر.

[24] – يقصد بهم ملوك الأسرتين الأولى والثانية

[25] – يقصد بهم ملوك الأسرات بداية من الأسرة الثالثة، وحتى عصر الاضمحلال الأول، حيث يرجح علماء المصريات بأنها حتى نهاية الأسرة الثانية، لكن البعض يمدها حتى الأسرة الثامنة. وعرف عصر هذا الفترة بعصر بناة الأهرام

نظر مو- را لصو- في التي سألت سو- ليم بفضول: وماذا فعل النتر آتوم بعد ذلك؟

رد سو- ليم ببساطة: عاد إلى أرض النترو ليغير من نظام الحكم بها بعد أن جلس على عرشها، فأسس التاسوع المقدس.

سأله مو- دي بفضول وفزعة: وماذا عن رع؟

ضحك سو- ليم، وأجابه: عاد بزمرة النترو القديمة إلى كيمت لحمايتها، ورعايتها حتى زوال عصرهم بعد حرب الممالك الأربعة هنا.

هنا لم يستطع مو- را أن يلجم لسانه، فاندفع بفضول يسأله: وكيف حدث هذا؟

ضحك سو- ليم وأجابه بخبث: هذه حكاية أخرى، ليس مسموحًا لي بروايتها الآن.

رد مو- را محتدًا: لقد كنت ستقص ما حدث على هؤلاء البشر، لِمَ لم يعد لك الحق الآن في روايتها؟

داعب سو- ليم لحيته، وأجابه بخبث وتلذذ: ومن أطلعك بأني سأخبرهم بحقيقة ما حدث؟ كل ما هنالك أني كنت أستدرجهم لمعرفة حقيقة سبب تواجدهم بناءً على تعليمات النتر المعظم آتوم.

ارتجفت أجساد الثلاثة بشدة، وجحظت أعينهم عجبًا بما قال.

وقف آتوم أمام بحيرة نون شارد الذهن حتى أنه لم يلحظ وجه نفرتيتي الذي شكل على صفحتها، حتى إذا نادته بلهفة، ليفيق من شروده، فتحذره بقولها: تذكر. أجبها مطمئنًا قلبها بقوله: لم ولن أنسى ما حيت. ردت عليه برجاء: تأكد من أن تنعم كيمت بالآمان يا آتوم. هز رأسه بقوة، ووعدها بذلك، فعادت لتقول بصوت يبتعد مع تلاشي صورتها: كيمت آمانة بين يديك.

رفع آتوم يده عاليًا، ليأتي طائر البنو من اللامكان، ويحط على كتفه، قبل أن ينطلق به صوب قاعة عرشه الصغرى.

جلس آتوم على عرشه، بعد أن أمر حاجبه بأن يرسل إلى حفيده ست بالقدوم ليمثل بين يديه فورًا، وقبل أن يستوي في جلسته، استأذن ست في الدخول عليه، فأذن له، وأن لم يكن من فوره، ليقضى حاجة في نفسه.

دخل ست في سرعة، ثم وقف على بعد سبعة يردات[26] من عرش جده، وهو يرتجف من استدعاء جده المفاجئ له،

---

[26] – الياردة بالإنجليزية Yard وهي وحدة قياس للأطوال كانت تستخدم في انجلترا، وما زالت تستخدم في أمريكا. ومنذ عام ١٩٥٩م تم توحيده وفقًا للاتفاقية الدولية على أنه ٠,٩١٤٤ متر بالضبط، والـ١٧٦٠ ياردة تساوي ميل واحد. أنشأها هنري الأول ملك إنجلترا عندما مد ذراعه وحدد الياردة بالمسافة بين أنفه وطرف إصبعه الأوسط. الياردة = ٣ أقدام = ٣٦ بوصة يساوي ٩١,٤٤ سم. في حين أن ياردة مسح الأراضي الأمريكية أطول قليلاً.

ولكنه لم يجرؤ على استيضاح سبب ذلك، ولكنه قال بتبجيل، وهو لا يجرؤ على منادته بجده: بأمرك يا سيدي آتوم العظيم.

نظر إليه آتوم للحظة يتأمله، وهو يقول لنفسه: على الرغم من جانبه الشرير الذي يليق بما سوف أوكله إليه، ولكنه يخشى بطشي، ويعظم جانبي، وهذا يجعله مناسبًا لتلك المهام الخاصة.

نكس ست رأسه في احترام، وقلبه يكاد يسمع الدنيا ضجيجه من الوجل. شعر آتوم بالإشفاق عليه، فأشار إليه ليقترب منه. تقدم ست ياردات وخمس عشرة بوصة[27]، ثم توقف وهو يشعر بأن قلبه سيقف من الرعب.

نظر إليه آتوم في حنان، وأشار له أن يجلس، وهو يقول له: لتجلس يا ست، فهناك مهمة أريدك أن تنجزها لي في سرعة.

انتفض ست، وقال بلهفة: أنا بأمرك يا سيد التاسوع العظيم.

رد أتوم برضا: لتجلس أولًا، وانصت إليَّ.

---

<sup></sup>27 – البوصة وتعرف بالإنجليزية inch وهي وحدة قياس للطول، في نظام الوحدات الإنجليزية الذي لا يزال متداولًا في الولايات المتحدة. وتعتبر البوصة أصغر وحدة كاملة لقياس الطول مع قياسات أصغر يتم ذكرها بالكسور ويتم تقسيم علامات البوصة إلى زيادات أصغر على أساس القسمة على رقم ٢ مع ضرورة ملاحظة أن المقام يضاعف نفسه في كل مرة يتم فيها القسمة. والبوصة تساوي ٢٫٥٤ سنتيمتر.

جلس ست في سرعة حيث اختار له جده أن يجلس، ومد أذنيه التي تجمع بين شكل أذني الحمار والكلب نحوه ليستمع باهتمام.

قال جده بجدية: إنك على علم بظهور بعض الكمتيين في أرض التنانين، وكان لظهورهم علاقة بغجر تلك المأفونة التي أشعلت حرب الممالك الأربعة.

هز ست رأسه توكيدًا، فتابع جده حديثه: وأظنك على علم بأن من أهدى لتلك الوقحة طريقة الوصول إلى أرض التنانين هم قبيلة مردة الشهمان، ولولا بسالة نا_ عم حاكم مملكة إيجيبتوصورات لقضت الحرب على الممالك الأربعة، ولربما وصلت إلينا هنا في أرض النترو.

همس ست باهتمام: أجل بالطبع.

نظر إليه أتوم بقوة، وأمره: عليك أن تذهب إلى تلك القبيلة وتقف على حقيقة ما حدث، وكيف يزج بالكمتيين في هذا الأمر، ولا تنس أن تتأكد من عدم مشاركتهم في هذا الأحداث، بل عليك أن تجبرهم على إيقاف هؤلاء الغجر وإلى الأبد لتنعم الممالك الأربعة وكيمت بالأمان. هل فهمت؟

وقف ست بسرعة، وانحنى بشدة، وهو يهتف بقوة: أجل يا سيدي، وتيقن بأن ما أمرت به هو ما سيكون كما تحب.

واعتد معدلًا من الثنديت الذي يرتديه، وقال: فلتأذن لي يا سيدي لأنطلق من فوري إلى هناك.

أشار له أتوم بالاصراف، فتراجع متقهقرًا احترامًا في سرعة، وقلبه يرقص طربًا، فقد كلفه سيد التاسوع العظيم

بأقوى المهام دون أوزير، لقد تفوق على أخيه أخيرًا، فياله من شعور رائع!

-'' سكن الليل وفي ثوب السكون تختبئ الأحلام، وسعى البدر وللبدر عيون ترصد الأيام''[28]

صوت شجي تردد الجبال خلفه بصدى حنون لجنيات ترفرفن على سفحها، يتراقصن هو مشعل نار وضع على قمة أعلى الجبال، كأنه نبت في جوفه، فلو لم تكن ممن عاصروا وضعه، لظننته بركان نار يهاوش الرائي بضياء هممه، فلا هو يقذفها، ولا هو يسكنها.

-'' أسمع البلبل ما بين الحقول يسكب الألحان في فضاء نفخت فيه التلول نسمة الريحان''

تحمل نسمات الكلمات بنعومة لتسرق بها لب المسافرين، وتأسر أرواح المتسامرين على ضوء القمر، فيسيروا مسلوبي الأرادة نحو الجبال، وكأن أساطير القدماء عن النداهة[29] لم تكن كذبًا أو من وحي الخيال الجمعي للبشر، بل هي واقع لايزال يتحقق.

<hr>

[28] – أغنية للفنانة اللبنانية فيروز بعنوان سكن الليل، كلمات الشاعر اللبناني جبران حليل جبران، ألحان الملحن المصري والمغني محمد عبدالوهاب. غنتها سنة ١٩٦٧م، وقد غنتها على مقام الكرد.

[29] – النداهة من الأساطير الريفية المصرية، حيث يزعم الفلاحون أنها امرأة جميلة جداً، وغريبة تظهر في الليالي الظلماء في الحقول، لتنادي باسم شخص معين، فيقوم هذا الشخص مسحورا ويتبع النداء إلى أن يصل إليها ،ثم يجدونه ميتا في اليوم التالي. ويوجد مثلها في التراث المغربي الجنية عيشة قنديشة (تحريف محتمل للقب السيدة النبيلة عائشة الكونتيسة

تجسد ست أمام المشعل، كأنما نبت من العدم، لتفزع الجنيات وتطير بعيدًا، ويغلف الليل صمت وخوف حجب أشعة القمر، ليخرج من قلب المشعل جني ضخم في عرف قبيلته من المردة ذو جمال أخاذ، بينما رأه ست أبشع منه في عين البشر.
ـ" ماذا تريد يا هذا؟"
قالها الجني بعصبية، وهو مستعد للعراك.
رد عليه ست بملل: يبدو أنك من الحراس الجدد، لتبلغ مليكك بأن النتر ست قد قدم من أرض النترو لمقابلته.
تجمد الجني عندما سمع من هو، وماذا يرد، فقال ست بنزق: هيا تحرك يا هذا.

---

(contessa)، أو عيشة مولات المرجة (سيدة المستنقعات)، أو لالة عيشة، أو عيشة السودانية أو عيشة الكناوية، وكلها أسماء لتلك الجنية، ولكن أشهرها عيشة قنديشة. ويشبهها في التراث اليمني وبعض دول الخليج العربي -وكذلك فى مدينه جنوب غرب ايران "الأحواز" وخاصة مدينه الفلاحية- أم الصبيان وهو اسم لمخلوق عبارة عن أنثى غول شديدة البشاعة لها أرجل بقرة. تتنكر غالبًا في شكل امرأة جميلة تظهر ليلاً أو قبل الفجر؛ تخطف الرجال وتتزوجهم، أو تسخطهم إذا رفضوا الزواج بها، وتنسبها بعض الحكايات الشعبية إلى الجن، ويرى بعضها أن أم الصبيان هي إحدى أشكال السعلاة (السلعوة)، كما أنها تماثل الثقوبة الجنية الغربية في خطف الرجال. و في دول الخليج بشكل عام ودولة الإمارات بشكل خاص ظهرت شبيهتهم أم الدويس وهي خرافة عن امرأة جميلة من الجن، يشاع أنها ذات جمال أخاذ ورائحة زكية وجميلة تلاحق الرجال في الليل وتجعلهم يفتتنون بجمالها، وما إن يفتتوا بها ويلاحقوها حتى تقتلهم وتأكلهم. ويشاع أنها تخاف النساء وتظهر فقط للرجال، والقصة تشبه قصة لا يورونا (بالإسبانية: La Llorona) في فلكلور المكسيك وأمريكا الوسطى.

اختفى الجني في سرعة، وعاد ليظهر عن بوابة مغارة على الجانب الأيمن من المشعل، كأنما شقت الجبل المصمت، وهو يشير إليه بترحاب. تقدم ست ليلحقه، وهو يهمس لنفسه: لايزال كل شيء على حاله.

على طول الممرات وقف الجن والمردة من الحراس في تدرج للرتب يرحبون بست مندوب سيد التاسوع الأعظم، وفي نهاية الممر قاده كبير الحرس حيث يجلس شهمان على العرش الناري للقبيلة بعد أنهى خطر ما بدأته أمه حفيظة، وأباد كهانة قبيلتها في قتل نجيبة حفيدتها السابعة، وزواجه من ابنتها ورد.

نظر إليه ست متعجبًا فبادره بقوله: أهلا بالنتر ست عضو التاسوع الأعظم، ومندوب آتوم. أنا شهمان ملك القبيلة الجديد. أرى الدهشة في عينيك، فهلا جلست أولًا ليتسنى لي أن أبددها بلا عودة.

جلست ست ينصت لشهمان الذي يحكى باستماع لدوره في نهاية خطر الغجر وإلى الأبد.

ـ" أظن أن قلبك أطمئن الآن يا أيها النتر العظيم"

قالها شهمان بسعادة، وجسده يهتز من الفرح

رد ست بلا مبالاة ظاهرية: وأين ورد الآن؟

ضحك شهمان، ونادى عليها، فحضرت من فورها في أسمال بالية، وشعر أشعث، ووجه مغبر، وهي تقول بخوف: لبيك يا سيدي، هل ناديتني؟

فأشار إلى ست، وقال لها: أن النتر ست يسأل عنكِ.

نظرت إليه ورد في رعب قبل أن يغشى عليها دون أن تنبث شفتيها بحرف.

ألقى شهمان عليها نظرة قرف، وأشار إلى بعض الجنيات ليحملنها، فأوقفه ست بقوله: أريد ورد يا شهمان.

ذهل شهمان، وسأله: وما حاجتك في زوجتي أيها النتر العظيم؟

أجابه ست، وهو يشير بيده بملل: إنها دليل ما فعلت من شجاعة وإقدام في إنهاء خطر الغجر. سأقدمها للنتر الأعظم آتوم، والذي سيجزل لك العطاء.

رد شهمان بشمم: هي لك يا سيدي، بل هي هدية للنتر الأعظم آتوم، فأنا لا أبغي سوى طمئنته بأننا تخلصنا نهائيًا من خطر الغجر.

ابتسم له ست، وهز رأسه برضا، فقد أعجب به.

ـ" لا يمكنني أن أتقدم أكثر "

قالت سعاد، وهي تفترش أرض الممر الصخرية من التعب.

قال صلاح بلا مشاعر: ألا يمكنك أن تتحركِ لبعض خطوات أخرى، حتى نصل إلى سطح الأرض.

ردت سعاد من بين أنفاسها المتلاحقة: لا يمكنني أن أنقل قدم على قدم.

جلست نور بجانب أختها، وهي تربت على كتفها في إشارة لأن لا داعي للمحاولة في استكمال الطريق الآن. التفت سامر الذى كان في المقدمة، لينظر لما يدور، ثم تراجع ليجلس بجانب نور في هدوء. شعر صلاح بالملل والضيق من قلة جهد رفاقه، وتراجع أفلًا وهو يصفر، فظنت سعاد أنه سيتركهم ويرحل، فنادته بفزع، ولكنه لم يجيبها، وظل على حاله يسيرفي طريق العودة كأنه لم يسمعها.

هزت نور سامر، وهي تحاول أن تهدئ أختها الكبرى: هلا لحقت به قبل أن يرحل بلا عودة.

رد سامر بهدوء: إنه إن يتركنا ويرحل، فهو ينادي حيته.

رددت نور ببلاهة: ينادي حيته

سألته سعاد بقلق: ولِمَ يناديها؟

أجابها صلاح، وقد عاد وحيته تستقر بنعومة على كتفيه: لا يمكنني أن أتركها هنا وأرحل، فهذا يعني حتمًا افتراقنا للأبد.

بدهشة سألته سعاد: ولِمَ يعني هذا أنه فراق للأبد؟

جلس صلاح قبالتها، وسألها ببساطة: هل تعلمين أين نحن؟

أجابته بعصبية: لا أدري، فكل ما أعرفه أنك تقودنا إلى مدخل أرض التنانين، حيث يمكننا اللحاق بأخويا، وصديقيهما، ومقتفي الأثر أحاميد.

ابتسم صلاح، وأجاب عن سؤاله: نحن الآن في منطقة الممرات أسفل القصور الحمراء[30]. أظنكِ الآن فهمتي ما أعني؟

اندفعت نور سائلة بجهالة: كلا لم أفهم، وماذا في هذا؟

زفر صلاح بضيق من غباءها، بينما أجابها سامر بصبر: أن قصور الجزائر الحمراء هي أشهر قصور في العالم، حيث أنها تشتهر بظهورها واختفائها وسط الرمال وبين هذا وتلك عشرات السنين، ومئات القصور، التي تظهر في شكل تبادلي، يظنه الرائي ظهور كيفما اتفق، ولكن لهذا إيقاع خاص لا يعرفه سوى من بنى تلك القصور.

---

[30] ـ تحتوي الصحراء الكبرى بالجزائر مئات القصور الحمراء التي يبلغ عمرها اليوم نحو ٨٠٠ عام، يقول السكان المحليون بأن الكثبان الرملية غالباً ما تستوطن تلك القصور لعشر سنوات، ثم تنحسر ما نحة إياهم منظراً خلاباً وتاريخاً ما زال يحتفظ بأسراره. وهي تقع على مشارف مدينة "تيميمون" في الجنوب الجزائري التي تبعد عن عاصمة الجزائر بحوالي ١٤٠٠ كيلومتر، وفي المحيط اقريب منها، وسميت بهذا الاسم لأنها بنيت من الطين الأحمر، وأختلفت الروايات عن تاريخ وسبب تأسيس هذه القصور.

ردت نور ببطء: هذا يعني أن مخرج تلك الممرات يقود إلى قصر مختلف.

هتفت سعاد فزع: هل هذا يعني أننا عالقين في متاهة، ربما لا تقودنا لمدخل أرض التنانين؟

تنهد صلاح بعمق، وقلبه يدعو أن يتحمل هذه الرفقة، ثم قال بنبرة من يفهم طفل صغير بليد الفهم: أيًا ما كان القصر الذي يعلونا، فنحن سنصعد من هنا إلى المدخل.

سألته سعاد بعناد: وماذا تعني بفقدانك حيتك إلى الأبد طالما كل الطرق تؤدي إلى المدخل؟

غضب صلاح، وقال لها بعنف: وهل تعرف حيتي تلك؟ إنها حيوان أعجم ستظل تيه بين الممرات دون جدوى، ولربما علقت في قصر غير الذي نصعد إليه؟ رجاءً يا سعاد فلتصمتي، لقد مللت هذه الصحبة.

صمتت سعاد على مضض، ومن داخلها صراع بين كرامتها المهدورة، ورغبتها في إنقاذ أخويها.

بدد هذه الأجواء الكئيبة قول سامر: هلم بنا لنصل إلى المدخل في أسرع وقت ممكن.

وقفت نور، ومدت يدها إلى أختها تنهضها، وتقدم صلاح رفاقه، وحيته تهسهس في أذنه، وهو هز رأسه في قوة بعلامة الرفض.

ـ" لا يمكنني أن أحتمل أكثر من ذلك، لقد استمعت إليكما وانتظرت حتى الصبح، ولا خبر. أنا سأذهب وأسأل عن سو ـ ليم"

قال ساهر بضيق، وهو يندفع نحو الباب، غير أن حسام وأحاميد قد تمكنا من شل حركته قبل أن يقترب من الباب بنصف قدم[31].

همس حسام في أذنه: رجاءً لتقف. لا تقحم نفسك وتقحمنا في أمر ليس لنا فيه شيء.

رد ساهر في عصبية: يجب علينا إنقاذ سو ـ ليم.

سأله أحاميد بفراغ صبر: ولمَّ يتحتم علينا أنقاذه؟

رد ساهر: لقد أخذ من بيننا، وهو يسعى لأنقاذنا.

سأله أحاميد بعجب: إنقاذنا!

صحح ساهر كلامه: أفهمنا ماهية هذا العالم، وما يدور فيهن وفي ذلك أنقاذنا بالتبعية.

سأله حسام بحكمة: وما يدريك أنّ ما كان سيقصه علينا هو الحقيقة؟

---

[31] ـ القدم بالإنجليزية Foot وهي وحدة قياس للطول، لا تنتمي إلى نظام الوحدات الدولي. يعمل بها في النظام الأنجليزي والأمريكي وغيرهما. تتغير قيمتها من نظام إلى نظام ولكنها تتراوح عموماً ما بين ربع المتر وثلثه. القياس الأكثر شيوعاً للقدم الآن هو وحدة القدم الدولية، والتي يبلغ طولها بالتحديد ٠,٣٠٤٨ متراً. كما أن القدم يساوي ثلث اليارد.

نظر إليه ساهر، بعدم فهم، فقال له حسام بحنان: فلتجلس يا ساهر لنتحدث.

جلس ساهر على أقرب مقعد، وجلس على المقعد المجاور له أحاميد، بينما جلس حسام على الفراش قبالته، وقال الأخير بهدوء: انظر يا ساهر نحن لا نعلم عن سو- ليم هذا أي شيء، ولا نملك من السبل ما يجعلنا نستوثق من هويته قبل كلامه، وما يدريك أنه ليس بفخ نصب لنا.

اندفع ساهر سائلًا: ومن ينصب لنا فخًا يا حسام؟

أجابه أحاميد بنفاذ صبر: أي أحد يمكنه نصب الفخاخ لنا، أو أن يستخدمنا في نصب الفخاخ لغيرنا، فنحن طعم لا يعرف من يمسك به، ولا ماذا سيصيد، فهلا جلست في محلك، وانتظر معنا ما ستؤل إليه الأحداث؟

لم يجد ساهر ما يجيبه به، فلقد أسقط في يده، ووجب عليه الانتظار، لما ستسفر عنه الأحداث. ساد الصمت المكان بعد كلام أحاميد لبعض الوقت، حتى قطعه طرقات مهذبة، يتبعها دخول الحكيم بي- زون الذي دخل في حركة بطيئة يتعجز على يد الوزير مو- دي.

هجم ساهر على مو- دي، وهو يسأله: ماذا فعلت بسو- ليم؟

انتفض جسد ساهر كأنما ضربت صاعقة، وسقط أرضًا مغشيًا عليه تحت قدمي مو- دي الذي قال بغضب: يبدو أن رفيقيكما غبي، ويسعى نحو حتفه بحماس.

ثم أشار إلى جسده، وأمرهما: قوما بوضعه في الفراش.

قفز حسام وأحاميد، واندفعا نحو جسد ساهر يرفعانه، ويضعانه على الفراش، ثم اعتدلا منكسي الرؤوس في صمت، بينما جلس كل من الحكيم بي- زون والوزير مو- دي وهما يتطلعان إلى بعضهما بهدوء.

زفر الوزير مو- دي لينفث عن نفسه هذا الضيق، ثم قال: اجلسا من فضلكما.

تبعا كلامه بأن جلسا على الفراش بجوار ساهر.

أكمل مو- دي حديثه: بادئ ذي بدء دعوني أعرض بعض الحقائق عليكما. سو- ليم هو الأخ الأكبر للملكة صو- في ورفيق صبايا أنا والملك مو- را ، وحفيد الحكيم بي- زون، وهو يشغل حاليًا منصب حارس مدخل البحيرة المسحورة، وهو أكبر وأهم مداخل أرض مملكة النترو، لذلك لا داعي من الخوف على حياته، فهو بخير حيث يتناول طعامه مع الملك والملكة الآن.

تنحنح حسام، فأشار له الوزير ليتكلم، فسأل بخجل: سيدي الوزير هل لي بسؤال عما أصاب صديقي؟ هذا لا ينفي خطأه، ولكني قلق عليه، فلتلتمس لي العذر يا سيدي.

هز مو- دي رأسه بأنه لا داعي للأسف، وقال: لقد تجاوز حده فسرت في جسده صاعقة لتؤدبه. لا تخشى عليه سيفيق بعد لحظات.

ثم وقف، فقاما احترامًا، وقال: الآن سأذهب لأمارس مهامي، وسأتركم مع الحكيم بي- زون والذي سيجبكما عما يسمح لكم بمعرفته.

ثم أومأ برأسه للحكيم، وغادر الجناح، ليتأول ساهر معلنًا بداية رحلته في استعادة وعيه.

ـ'' صوـ في أين أولادك يا حبيبتي؟''

هتف سوـ ليم بضيق، وهو يقف على مدخل غرفة الطعام الملكية الفارغة من الأشخاص المكتنزة بالأطعمة.

ردت صوـ في بهدوء: ستأتي بهما المربيات بعد القليل. هلا سمحت لنا بالجلوس حول مائدة الطعام حتى يصلوا.

هز رأسه موافقًا، ودخل ثلاثتهم هو وأخته وزوجها ليجلسوا في جلسة عائلية لا ينغصها سوى ترقب موـ را، ونفاذ صبر سوـ ليم. موـ را على رأس الطاولة، عن يساره زوجته، وبجانبها أخيها، الذي تعمد أن يثير جنونه بأن يقبل يد أخته، ويهمس لها، وهو يضع رأسه على كتفها.

لحظة ودخل موـ دي الذي قال بحماس، وهو يجلس على يمين موـ را: كما الأيام الخوالي.

سأله موـ را بضيق عما حدث في جناح البشر، فأطلعه عما كان منه، وما أوصى به الحكيم بيـ زون.

دخل الأمراء الصغار في حماسة مرتدين ثياب فضية موشاة بالخيوط الخضراء الزمردية على صورة تنين صغير يمسك بماسة كبيرة، مصدرين صخبهم الصباحي المعتاد بعد أن تركوا أيدى المربيات، وركضوا مندفعين، الأميرة الصغرى صاـ في نحو ذراعي والدها، والأميران ياـ سن و يوـ سي إلى أحضان أمهما.

أشار مو- دي للمربيات بالانصراف، وقال لسو- ليم بسعادة: هؤلاء الأمراء الصغار أصحاب الهدايا.

نظر إليهم سو- ليم بمحبة، بينما تولت صو- في تعريفه بهم قائلة: هذا الذي عن يميني هو الأمير يا- سن أكبر أبنائنا، وعن يساري الأمير يو- سي توأمه الأصغر، أما التي تتعلق برقبة والدها فهي ابنتنا الصغرى صا- في.

ثم أشارت إليه، وقالت موجهة الكلام لأبنائها: وهذا خالكم سو- ليم.

تأمل سو- ليم ملامحهم كأنما يرسمها في قلبه، وهو يقول في سعادة: أن صا- في قطعة منكِ يا حبيبتي، عندما أتطلع إليها أشعر كأني أراكِ في طفولتك.

ابتسم صو- في وابنتها في سعادة، بينما قال مو- دي بفرح: مثل يو- سي فهو نسخة من مو- را في صباه، بينما يملك يا- سن مزيج من صو- في ومو- را.

نظر التوءمان إلى بعضهما بسعادة، في حين نظر سو- ليم إلى يو- سي يتأمله وعلى شفتيه بسمة ماكرة لم تغب عن عيني مو- را التي تراقبه كالصقر.

تابعت صو- في بسعادة: لقد عاد خالكم فجرًا يراكم ويجلس معكم ويلاعبكم.

صحح مو- را كلامها قائلًا: لبضعة أيام قبل أن يسافر إلى مكان عمله.

قالت صو- في بحدة: ولكنه سيعود بسرعة، أليس كذلك يا سو- ليم؟

قبل سو- ليم يدها بحنان، وهو يقول: بلى بالطبع، بل إنني سأحاول أن أترك عملي وأستقر هنا بجانبِكِ أنتِ وأبنائك.
ثم نظر إلى الأمراء الصغار، وسألهم بدلال: ألا يستحق خالكم سو- ليم حضنًا ليشفي شوق قلبه لكم.
اندفع الأمراء إلى حضن خالهم، الذي حملهم في محبة، وأصر على أن يجلس التوءم على جانبيه، بينما أجلس صا- في على رجليه، ليطعم ثلاثتهم بمحبة، وهو يقص عليهم من ذكرياته هو وأمهم.
قطع استرساله في تلك الذكريات سؤال يو- سي عن محل عمله، فابتسم بمكر، وبدأ يصف له باسهاب عن البحيرة المسحورة، وجمالها وأهميتها فى محاولة منه ليعلقه بها، وقد بدى أنه نجح في ذلك مع ثلاثتهم.
شعر مو- را بالضيق من نظرات سو- ليم وطريقة حديثه، مستشعرًا القلق على أبنائه خاصة يو- سي، فأخذ يفكر في طريقة لإبعاده عن أبنائه وإلى الأبد، دون أن يثير مخاوف صو- في أو غضبها.
يتبع في العدد القادم

اذكر اسم أكثر شخصية أعجبتك في هذا العدد ولماذا؟

اذكر اسم أكثر شخصية لم تعجبك في هذا العدد ولماذا؟

اقترح موضوعات تحب أن تقرأها في الأعداد القادمة لسلسلة بيوم للفانتازيا.

قم بمسح هذا الكود لتراسلنا بهذه الصفحة بعد تصويرها من خلال واتس آب الدار